당신의 마음을 안아주고 싶습니다.

.... 님께

.... 드림

KB220535

나도.
"안아주면
좋겠다"

위로받고 싶어도
혼자 견디는 나를 위해

나도
"안아주면
좋겠다"

글·사진 임에스더

추수밭

프롤로그

내 안에는 여러 개의 크고 작은 방이 있다.
나는 그것을 '마음'이라 부른다.

눈에 보이지 않는 마음은,
때로는 나도 어찌지 못할 만큼 고약하고 제멋대로다.
그래서 마음에 따라 살 만했다가 아니었다가,
뒤틀렸다가 다시 펴졌다가,
아름답다가 추해지고 사랑하다 미워하며,
별일 없다, 별일 있다 오락가락한다.

마음의 변덕은 어린 시절에 더욱 심했다.
그러나 서른을 지난 지금도 어쩌면 마음은 여전히 그대로다.
그냥 모른 척, 괜찮은 척 살아가는 것일 뿐.

살다보면 복잡한 문제들이 많은데
마음 따위 뭐 그리 중요하냐고 그저 모른 척하고
살면 된다고 사람들은 말하지만,
때로는 눈에 보이지 않는 것들이 더욱 중요하다.
더욱 소중하다.

물론 오랫동안 언젠가 강렬한 해피엔딩이 있을 거라 믿고 있었다.
영원한 행복이 존재한다고 믿으며
사랑하는 사람과의 완벽한 결합이라 생각한 적도 있고,
간절히 원하는 목표에 도달하는 것이라고 생각하기도 했다.

하지만 마음의 문제는 그리 간단하지 않았다.
아무리 많은 것을 가져도 허탈한 날들은 채워지지 않았고,
마음속에는 구멍이 있어서 달콤한 행복은 금세 새어 나갔다.

행복이 새어 나간 자리를 보듬어줄 무언가가 필요했다.
빈 마음이 흔들리지 않도록 안아주는 따스한 온기,
혼자라고 느낄 때 다가와 인사를 건네는 다정한 몸짓,
지레 겁을 먹고 두려워할 때 괜찮다고 말해주는 목소리,
한마디 말, 뜻밖의 고백, 그리고 나 자신에게 괜찮다 말해보는 용기,
그 모든 것이 나에게 크고 작은 위로가 되었다.

내 안에는 여전히 여러 개의 크고 작은 방이 있으며,
그곳에는 수많은 기억과 추억, 감정이 얽혀 있지만
나는 그 모든 것으로 인해 성장하고 다시 아프고 다시 성장한다.

그리고 담담히,

그 모든 시간을 기록으로 남겨본다.

삶은 끝없이 서로의 마음을 감싸주는 일.

내가 내 마음을,

내가 당신의 마음을

그렇게 안아주면 좋겠다.

2015년 5월

임에스더

Contents

01

마음은
오직
마음으로만

터널 하나를 지나면 또 다른 터널이, 또 다른 터널이.
인생은 끝나지 않는 터널을 지나는 일.
내게 주어진 오늘의 불빛을 따라 담담히 살아가는 일.

마음은
봄이니까요

사진 하시은

오늘은 봄,

마음도 봄,

인생도 봄.

그를
사랑하는 이유

그가 내 앞에 앉아 있다.

나는 찬찬히 그를 살핀다.

그를 사랑하는 이유가 뭘까.

그가 늘 반가운 이유는 뭘까.

찬찬히, 찬찬히 그를 살핀다.

그러다 그의 발에 시선을 멈춘다.

역시, 당신을 사랑할 수밖에 없지. 그렇지.

당신의 멋진 양말.

난, 당신이 뻔한 사람이 아니라서 참 좋다.

너와 나

나는 노래를 계속 듣지.

반복해서, 하나의 노래를 말이야.

그럼 너랑 있는 것 같아.

너에게 안겨 있는 그런 느낌 말이야.

새벽녘 헤어지며 나누었던 마지막 키스처럼

슬프지만 아름다운 느낌 말이야.

나는 노래를 계속 듣지.

반복해서, 하나의 노래를 말이야.

그럼 너랑 있는 것 같아.

아름다운
시간

그대, 삶을 가득 채우려 하지 말아요.

그대, 지난날을 되돌아봐요.

그대, 오직 성공만이 삶의 목표는 아니겠지요.

그대, 아름다운 시간들이 있었지요.

언젠가는 아플 줄 알면서도

사랑으로 가슴 뛰던 날이 있었지요.

기억을
간직하는 방법

봄의 꽃,

여름의 나무,

가을의 단풍,

겨울의 눈,

소월길은 사계절 언제든 좋다.
차를 타고 구불구불한 길을 달릴 때도
인적 드문 길을 천천히 걸을 때도
마음은 늘 그곳에서 사진을 찍는다.
한 곳, 한 곳, 시간의 의미를 되새긴다.

아주 오래전 소월길에는 한 연인이 있었다.
그들은 첫눈에 반했고 첫눈에 알아버렸다.
'우린 서로 사랑하게 될 거야.'

늦여름의 공기는 습했지만 연인의 마음은 가장 좋은 봄이었다.
그들은 정류장에서 수없이 많은 버스를 그냥 보냈고

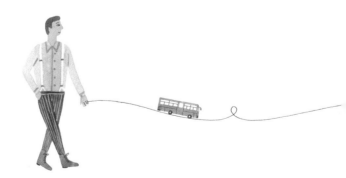

헤어질 수 없어 손을 꼭 잡았다.
늦은 밤, 새벽, 무더위가 채 지나지 않은 한낮에도
그들은 내내 같이 있었다.
나이, 상황, 조건, 미래 따윈 중요하지 않았다.
그저 둘뿐이었다.

세월이 지나도 소월길에는
그들의 모든 것이 그대로 남겨져 있다.
여자는 소월길을 새로운 추억으로 덧입히지 않았다.
잊지 말아야 할 시간을 간직하는 방법은 그런 것.
영원히 사라지지 않을 튼튼한 곳에 맡겨두는 일.
마음은 흔들리고 삶이 비틀거려도
잊을 수 없는 사람만은 안전하도록.

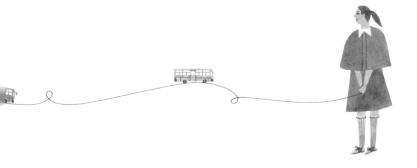

계절에 한 번,
잠시 머물다 오는 조건으로
소월길에 다녀온다.

마음에 별 하나,
소중한 음악,
그리고 열일곱 살의 밤,
아무도 모르는 나의 시간.

마법

사는 일은 한쪽을 포기하면

또 한쪽이 채워주는 마법 같은 것.

bread 3

외로운 밤

밤은 늘 외로운 시간인가 보다.
사람 사는 일이, 그저 그런 일상과
외롭고 먹먹한 날들을 모른 척하고
괜찮다 토닥이며 사는 것인가 보다.
사랑하는 사람들 사이에도
과연 서로의 마음이 함께 있는 시간은 얼마나 될까?

누구나 다 외롭다고,
그쯤은 이미 알고 있지만
마음이 작아지는 외로운 밤이면,
사람들은 모두 즐겁고 분주하고 신나 보인다.

빈 마음은 오직 마음으로만,
사람으로 채울 수 없는 것을 알면서도
가끔은 사무치게 외롭다.

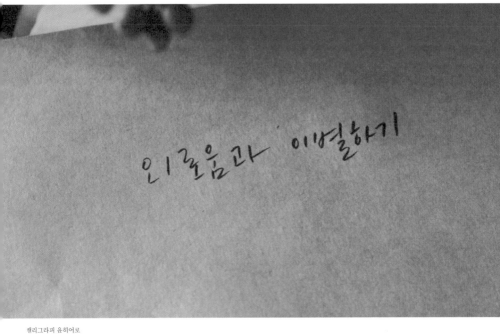

인 그리움과 이별하기

캘리그라피 윤히어로

외로운 밤을 위해 무엇을 하면 좋을까.
그저 외로움을 꼭 껴안고 토닥이는 수밖에.

그저 눈 감고 넘어가는 것으로,
그렇게 흘려보내는 것으로,
그리고 다음 시간을 사는 것으로,
이 밤도 그래야지 싶다.

그대로
그 자리에

아무것도 생각나지 않을 땐,

그럼 두어야지.

그대로 그 자리에.

시간 지나면 또 생각이 나겠지.

무엇이든

지나가지 않는 것은 없으니.

우리 파리에 갈까

그저 바라보는 것만으로도
가슴이 설레는 무엇이 있다.
에펠탑은 바라보는 것만으로도 가슴이 설렌다.
프랑스 파리의 카페에 앉아
라떼를 마시면 로맨스가 생길 것만 같다.
그래서 언젠가부터 사진이든, 장식품이든
에펠탑을 모으는 취미가 생겼다.
그리고 곳곳에 둔다.

파리에 가고 싶은 날,
나는 카를라 브루니의 음악을 듣는다.
그녀의 목소리에 더해진 보드랍고
다정한 억양은 마음을 녹인다.

해마다 봄이 오면,
파리에 가고 싶다.

나일 강, 연대 섬, 알제리 시장, 꿈을 꿀 때,
마다를 지나는 비행기, 비 오는 창문
그 어디서나 다시 집에 돌아올 때까지 기억해요.
당신은 내 사람이란 걸, 당신은 내 사람이란 걸.
- 카를라 브루니 [You Belong to Me]

행복이
가득한 집

홀로 의자에 앉아 고요히 지내는 시간,
이불 속으로 들어가 잠을 청하는 순간,
마른 빨래를 걷어 정리하는 시간,
창문으로 햇살이 가득한 순간,
커피 향으로 시작되는 아침,
음악을 듣는 순간,
그리고 사람이 사는 집.
보통의 날들로 가득한
이 집에 행복이 있다.
실은 엄청난.

마음을
놓는다

마음에 큰 소용돌이 없이
평온하게 살고 싶은데
그렇지 못한 날들이 더 많다.
한껏 태풍이 지나가고 난 날,
따뜻한 물이 담긴 욕조에 들어가 가만히 몸을 녹인다.
그리고 에쿠니 가오리의 소설을 다시 읽는다.
주인공 아오이의 무채색 같은 삶을 읽으며 마음을 놓는다.

해질녘이면 나는 목욕하기를 좋아한다.
공기에 아직 따스함이 남아 있는 시간.
일이 없는 수요일과 금요일에는
저녁 식사 준비를 할 때까지
거의 목욕탕에서 지낸다.
- 에쿠니 가오리 [냉정과 열정 사이]

사랑해

더 큰 사랑을 주지 못한 것,
예쁜 말을 많이 하지 못한 것.
분주한 하루를 보내고 밤이 찾아오면
부족한 일들만 생각난다.
내일은 다를 거라 다짐하지만
언제나 반성의 나날이다.

사랑은 이 세상의 모든 절망 속에서
다시 희망의 싹을 피운다.
사랑이 없으면 우리 삶이 얼마나 더 캄캄해질지,
과연 우리가 살아갈 수 있을지 두렵다.

가장 가까이 있는 사람에게
사랑을 전하는 일은 더욱 어렵다.
매일 다짐하고 또 다짐하지만 미련하게도
뒤늦게 사랑을 깨닫는다.
다행히 우리에게는 아직 기회가 있다.
새 아침, 내일이 있다는 사실은

사랑할 수 있는 시간이 아직 남아 있다는 뜻이다.

우리가 수많은 잘못과 실수를 저질러도
여전히 기회가 찾아오는 건 사랑하며
살아야 할 이유가 있기 때문이겠지.

사랑은, 절망을 극복하는
가장 큰 선물이다.

욕심 없이
살 수 있을까

아, 질리도록 남루한 감정은
남과 비교로부터 오는 상실감이다.
멈출 줄 모르는 욕심이 마음을 가득 채울 때면
어떤 표정을 지어야 할지 모르겠다.

채우고 채워도 계속 생기는 욕심,
욕심 없이 사는 것이 가능할까?

내게 주어진 것을 즐기며 살지 못할 때
마음은 불안하고 분주한 욕망들로 들끓는다.
아무리 조바심을 낸다고 해결될 일이 아닌데도
길을 잃어버린다.

나는 왜 이렇게 태어났는지.

욕심은 헛된 욕망을 낳고 정신을 희미하게 만든다.
쳇바퀴 같은 문제들 안에서 허우적대도록 만든다.
내 삶도 마찬가지다.

매일 결심을 한다.

욕심과 낡은 습관과의 이별.

언젠가 거짓말처럼,

모든 것으로부터 홀연히 자유롭게

존재할 수 있는 사람을 꿈꾸며.

안전한 로망

늦은 밤 나의 종착역인 그를 찾아간다.
그리고 그에게 차를 타고 달리자 말한다.
불빛으로 수놓아진 밤거리를.
그에게 부탁한다.
영원히 변치 않는
나의 가장 안전한 로망이 되어달라고.

삶

내 안에
내 안을
내 삶에
내 삶을
깊이
들여다보기.

유칼립투스

유칼립투스의 향은 시간이 한참 지나도 사라지지 않는다.
코끝으로 향기를 맡으면 그만의 알싸한 향이 난다.
다른 꽃을 감쌀 때 주로 쓰이는 유칼립투스.
예쁜 꽃들을 받쳐주고 돋보이는 데 쓰이는 조연 같은 잎.
그래도 어떤 날은 주인공보다 더 아름답다.

유칼립투스의 의미에는 '잘 싸여 있다'라는 뜻이 있다.
그래서일까, 유칼립투스는 어느 꽃과도 잘 어울리며 모두를 품는다.
장미, 백합, 달리아보다 유칼립투스를 좋아하게 된 건,
그저 행운 같은 일이다.

봄에 피어오른 유칼립투스 한 다발을 계절 내내 집 한편에 둔다.
양동이, 긴 컵, 바구니, 어디든 좋다.
유칼립투스를 그 안에 가득 담고 곁을 지날 때마다
손으로 잎을 비벼 향을 맡는다.
아무에게도 알려주지 않는 비법으로 장을 담듯
유칼립투스를 말리고 그 향을 저장하는 건 나만의 비밀이다.

누군가는 다 말라비틀어진 잎이 뭐 그리 소중하냐고 묻는다.
누군가는 다 바스러진 잎을 버리라고 한다.
그러나 그 잎에는 엄청난 향기가 있다.
어떤 비싼 향수도 풍기지 못할.

유칼립투스의 향을 맡아보지 않은 사람은
알 수 없는 비밀처럼
그 길을 끝까지 가본 사람만이
알 수 있는 비밀이 있다.

여자, 서른

서른이 넘으면 여자는 그전에는 아무렇지 않던 것들이
이제 과연 내게 어울릴지 고민하기 시작한다.
립스틱, 옷, 향수를 고를 때면 정말 어울릴까 수없이 묻는다.

그리고 이왕이면 누군가를 만날 때
향이나 옷으로 아니면 그 무엇으로든
나에 대한 좋은 기억을 남기고 싶다.

예쁜 옷이 아니라, 내게 어울리는 색, 어울리는 옷을 입고
예쁜 립스틱이 아니라, 내 입술에 잘 스며드는 색깔을 바르고
예쁜 가방이 아니라, 내 모든 것을 대변해줄 초라하지 않은 모양을 찾고
순간의 반짝임보다 오래 나와 함께할 것들을 찾는다.
해가 바뀔 때마다 고르는 펜과 다이어리에도 나를 표현하는 방법이 숨어 있다.

예쁜 여자란,
자신에게 무엇이 어울리고 무엇이 필요한지
분명히 알고 바른 선택을 하며 살아가는 사람일 테다.

문득 오늘 아침,

나의 가방과 나의 서랍, 나의 마음속을 들여다보았다.

나는 과연, 어떤 여자일까?

탈출

많이 버리고
많이 비우고
많이 포기하고
우리 인생, 꾸역꾸역
넣어두었던 것들로부터 탈출하자.

라디오가 있는 저녁

라디오는 언제, 누가 만들었을까?
눈에 보이지 않는 주파수를 맞추면
사람의 목소리가 들린다.
인간이 만든 발명품 중에서
라디오는 가장 따뜻한 물건이다.
사람 이야기, 나의 이야기를
나누고 싶은 이들의 마음이 있다.

점점 더 험해지는 말들,
익명으로 사람을 공격하는 말들,
비상식적인 행동의 사건들,
많은 일들이 일어나 세상이 떠들썩해도
라디오만큼은 서로를 존중하고 이야기를 들어주는 공간이다.

라디오 듣기를 가장 좋아하는 시간은 저녁 6시.
그 시간의 음악에는 저녁의 낭만과 여유로운 따스함이 있다.
꽉 막힌 도로의 차 안, 정신없는 거리, 집 안 어디서든 라디오를 듣는다.

해질녘, 노을 사이로 감추고 살았던 인생의 꿈들이 펼쳐지는 시간.
낮 동안 숨겨둔 나 자신의 모습을 다시 꺼낼 수 있는 시간,
저녁 6시의 라디오는 그런 의미다.

커피, 책, 음악, 당신, 그리고 라디오가 없다면,
세상을 과연 무슨 재미로 살까?

사연 없는
사람 있나요

이 세상, 어디 사연 없는 사람 있을까?

이 세상, 마음에 상처 하나쯤 다 안고 사는 걸.

그래도 잘 살고 있는 걸.

마늘 보관법

마트에 들러 시장을 봤다.

직접 다진 마늘을 통에 담아 파는 코너를 지났다.

"얼마 동안 먹을 수 있어요?"

"보름 정도 드실 수 있고,

더 오래 드시고 싶으면 냉동실에 넣어두세요."

마늘통 하나를 카트에 담고 자리를 뜨려는데

아주머니가 나를 다시 붙잡는다.

"냉동 보관할 때는 한 번 먹을 만큼만

비닐에 나누어 담으면 바로 꺼내 쓸 수 있어요."

그러면서 마늘을 담아 보관하라고, 비닐 두 장을 주신다.

집으로 돌아와 아주머니가 알려주신 대로

마늘을 조금씩 덜어내고 비닐에 나누어 담아 냉동실에 넣었다.

사랑과 추억도 이렇게 꽝꽝 얼리면,

아주 오래도록 기억할 수 있을까?

마음속에 담아둔 보고 싶은 사람,

세월이 아주 오래 흘러 그를 우연히 다시 만난다면,

내가 너무 늙어서 그가 기억하는 내 모습이 아닐 텐데,

그럼 어쩌지?

마늘이 아니라 내가 냉동실에 들어가야 할 것만 같다.

02

그때 우리
참 좋았는데

커피를 마시면
용기가 생겨

그는 매일 아침 커피를 배달한다.

전날 주문받은 커피 원두를 봉투에 담아 자전거를 타고

동네를 돌아 조금 더 먼 동네까지 배달한다.

나는 그 사람 때문에, 그의 커피 때문에 그 동네에 살고 싶었다.

매일 아침 커피를 배달 받는 기분은 얼마나 근사할까?

독일에서 유학생으로 살던 시절,

내게 가장 큰 행복은 사랑도, 연애도, 쇼핑도 아닌 '커피'였다.

흐린 날들이 많고 며칠씩 비가 내렸던 그곳.

겨울이면 오후 4시에 해가 지고

거리에 있던 사람들은 어디로 사라졌는지,

시내는 텅텅 비어 있었다.

그 적막함 속에서 나의 작은 방을 따뜻이 데워준 것은

신선한 원두를 갈아 내린, 갓 향이 나기 시작하는 커피였다.

진하게, 진하게, 더 진하게.

그때는 그랬다.

커피는 무조건 진하게 마셔야 온몸에 기운이 나는 듯했다.

분명 보약이었다.

지금도 마찬가지다.
매일 아침 진한 커피를 마신다.
그럼 어제의 거북했던 일과 보기 싫었던 사람,
후회되는 기억들이 잠시라도 접어진다.
체기가 내려간다.
한 잔을 다 마시고 나면,
비로소 오늘 하루 힘을 낼 용기가 생긴다.

연애하고 싶은 날

여름과 가을 사이, 묘한 감정이 드는 위험한 계절.

더운 바람이 머물던 자리에 문득 선선한 바람이 불어올 때,

연애하고 싶어진다.

연애는 내게 무엇이었을까?

지금은 다들 어디서 무엇을 하고 지낼까?

가장 가까웠던 사람과 연애가 종료되는 순간,

다시는 볼 수 없는 사이가 되어버리는

이 억울한 관계는 대체 무엇인지,

가을바람은 그렇게 쓸데없는 생각을 불러일으킨다.

버스와 지하철을 타고, 손잡고 마냥 걸어도 좋았던 시절이 있었다.

밤새 전화통을 붙들고 귀가 뜨거워지도록 목소리를 들었던 시절이 있었다.

서로를 보는 것만으로도 심장이 터질 듯한 시절이 있었다.

손을 잡고, 입을 맞추고, 더 진한 포옹을 하며 정말 사랑해,

라고 고백했던 시절이 있었다.

그때 우리 참 좋았는데.

오래된 일기장 속

우습게도 글씨조차 어렸던 그 공책 안에는

나의 연애사와 그 시절의 오빠들이 등장한다.

꽤 위험한 공책이다.

잠이 오지 않는 밤,

혼자 일기장을 들춰보니 왠지 마음이 술렁거린다.

사랑도 움직이고 사랑도 변하는 것을 그땐 몰랐지.

매일같이 사랑하고 싶었는데,

매일같이 사랑하는 이가 보고 싶었는데,

연애는 불안했고 만족스럽지 못했다.

상처를 주고 상처를 받으며

미워하고 울고 헤어지면서

많은 감정을 퍼부었다.

그래서 연애는 늘, 소란스러웠다.

하지만 모든 것이 떠나고 사라진 후

다시금 들춰 본 일기장에는

좋은 향이 나는 기억들이 남아 있다.

기록은 여전히 내 편이다.

불행한 순간도
행복할 수 있다면

어떤 사람들은 믿는다.

자신의 선택을 책임지고

행복한 시간으로 만들 때 운명이 된다고.

꿈을 이룬 그들은 말한다.

우리 삶에서 더 중요한 것은 꿈에 도달한 그 이후라고.

여행을 계획하고 여행지에서 정신없는 날들을 보낸 후,

마침내 여행이 우리 삶에 의미를 주는 순간은

바로 그 이후의 시간이다.

여행에서 깨달음을 얻고 돌아온 후의 삶.

중요한 건 가장 빛나는 절정의 순간에 있는 것이 아니라

모든 빛이 사라진 그다음부터 시작된다.

어떤 불행의 순간이 와도,

한 줌의 빛줄기조차 찾을 수 없는 절망의 순간이 와도

어둠을 행복하게 만들 수 있다면, 무엇도 두렵지 않을 것이다.

실패가 두려워 도전하지 못하는 어리석은 일도 없을 것이다.

나에게 보내는 희망

결정을 내리고
정리하고
또다시 걸어간다.

다음은 어떻게 할 거야,
라는 그의 질문에
그다음 희망을 얘기하니
그가 웃는다.

불가능이란 없다.
불가능이란
없었으면 좋겠다.
그랬으면,
그랬으면.

잘될 거라고,
다 잘될 거라고,
날 믿어주길.

아침이 주는 기운

아침은 하루 중 가장 귀한 시간이다.

긴 어둠에서 깨어나 새로운 도전을 시작하는 시간.

창문으로 햇살이 들어오면 하늘 끝까지 닿을 듯 기지개를 켜고 일어난다.

잠들기 전까지 읽던, 바닥에 놓인 어질러진 책들을 피해 부엌으로 걸어간다.

물 한 잔을 마시고 오늘 해야 할 일을 생각한다.

밝은 햇살 속에 허옇게 드러난 먼지를 닦는다.

고단한 밤이 지나고 아침이 오면 다시 움직일 수 있는 힘이 난다.

그렇게 아침은 시작된다.

참으로 고마운 일이다.

누군가 내 소원을 들어준다면 이렇게 말하고 싶다.

"가족과 매일 긴 아침 식사를 할 수 있으면 좋겠어."

휴일 아침은 소원이 이루어지는 날이다.

모두 식탁에 둘러앉아 빵을 썰고 커피를 내리고 과일을 준비해 먹는다.

구운 소시지와 베이컨, 스크램블이 올라오기도 한다.

그리고 시작되는 대화.

어찌어찌, 굳이 할 이야기가 없더라도 무엇이든 꺼내어 풀어놓는다.

우리가 함께 서로의 얼굴을 보고 시시콜콜 나눌 수 있는 유일한 시간.

가구, 패브릭에 대한 소소한 이야기부터
떠나고 싶은 여행지, 다음 해의 계획들을 나눈다.
늘 뜻밖의 이야기가 아침 식사 자리에서 시작된다.

즐거운 아침 식사를 위해 맛있는 빵집과 커피를 찾아다닌다.
이토록 간단한 것,
시간과 마음을 내어주는 일이 어려울 뿐이다.

기억하렴

기억하렴, 지금을.

가지고 싶던 것을 가졌음을.

후회 없는 선택임을.

행복은 작은 골목과 지나가는 봄바람,

흩어지는 눈송이에 있음을 기억해.

따뜻한 스파게티와 향기로운 상그리아, 달콤한 노래,

낭만적인 인생은 그런 저녁으로 충분하다는 것을.

잊어버리며
산다

모두 다 지나간다.

만약 지나가지 않고 멈춰 있다면,
우리는 과연 살 수 있을까.
마음속엔 불이 나고 머릿속은 복잡한데
어떻게 버틸 수 있을까.

예상하지 못한 순간, 의도하지 않은 사람에게
상처를 주고 상처를 받는다.
마음속 깊은 나락으로 떨어진 나를 끌어올려도
깊은 상처는 못이 박혀 오래도록
다시 나를 괴롭혀 아프도록 만든다.

상처는 실체가 없으나 그래서 더 강하고 모질며 불쾌하다.
상처를 준 사람도, 받은 사람도 서로를 이해하지 못한다.

그러므로 빨리 상처를 잊는 사람,
지나간 날을 붙잡지 않은 사람이 이긴다.
깊은 바닥에서 다시 자신을 끌어올려 별일 없이 살게끔.

상처와 분노는 닮았다.
마음을 들여다보면 수십 수백 개의 팬 곳이 있다.
다 지나 간 줄, 잊은 줄 알았는데
여전히 쓰리고 쓴 물이 올라온다.
마음은 위축되고 사람에 대한 불신은 더욱 커진다.
누군가를 해맑게 믿던 순수한 시절은 나이를 먹을수록 사라진다.

오늘도 나는 누군가에게 상처를 받았고
불쾌했고 또는 상처를 주었고 오만했을 테다.
'다 지나가는 일이야.'
훌훌 털고 일어나길.
또다시 생각나겠지만 잘 잊어버리는 연습.
붙잡아두지 말고 멀찌감치 떨어뜨리기.

진짜 부끄러움은 그들과 똑같은 사람이 되어
시간을 진흙탕으로 만드는 것.

다 지나간다

사진 하시은

감정을 묵힌다.
푹.
즉각 발산하지 않으려 한다.
그저 묵힌다.
푹.
화가 날 것 같은 느낌이 사라질 때쯤
푹,
묵힌 후에 다시 꺼내 본다.

기다린다.
다 지나간다.

나도 술을
마시면 좋겠다

나는 술맛을 모른다.
술자리도, 술이 주는 기쁨도,
한 잔의 와인도 내게는 그저 쓴 물이다.
기억을 잃어버리는 것도, 신나게 미쳐 노는 것도.
나는 모른다.

그런데 가끔은
나도 술을 마시면 좋겠다.

어떤 사람들은 식사를 할 때마다 술을 시키곤 한다.
그리고 서로서로 잔을 부딪치며 마신다.
술맛을 모르는 나는 그런 술자리가 고역이지만
좀 더 진솔한 이야기를 나누고 싶은 마음에
술을 권하는 것이 아닐까.
술에는 그런 힘이 있으므로.

좋은 사람들과 좋은 자리에서 시답잖은 이야기를 나누다 보면
이 소박한 것이 기쁨이지, 뭐 그리 대단한 부귀영화가 있겠나 싶어진다.

짠! 술잔을 부딪치는 일은
아마도 마음을 나누자는 의미일 것이다.
즐거운 술자리에서는 긴장을 풀고
마음을 열고 마음껏 즐길 수 있으니까.

문득문득 누군가 보고 싶고 이야기하고 싶은데
아무도 생각나지 않고 아무도 만날 사람이 없을 때
사람들의 목소리로 가득한 술자리가 그립다.

술을 마시는 일도,
단체사진을 찍는 일도,
몇 번이고 뒤돌아서서 인사하는 일도,
서로의 인생을 간섭하는 일조차,
모두 다 우린 혼자서는 살 수 없는 사람들이라서.

나도 가끔은 술을 마시면 좋겠다.
그럼 당신을 더 이해하고
위로해줄 수 있지 않을까?

요리하고 싶은 여자

가끔, 요리 채널을 본다.

예쁜 부엌, 예쁜 그릇, 나도 갖고 싶은 욕심이 난다.

화면 속 사람들은 요리를 참 쉽게 한다.

프라이팬을 달구다가 완벽한 타이밍에 고기를 굽고

귀찮은 야채 손질도 금방 끝낸다.

칼은 부드럽게 잘 들고 재료들은 늘 싱싱해 보인다.

레시피 없이도 창조적인 손놀림으로 근사한 요리를 완성한다.

마냥, 그들이 부럽다.

나는 요리를 잘하지 못한다.

새로운 요리를 시도하지만 결국 정체불명의 요리가 되어버리고 만다.

양파를 써는 일은 세상에서 가장 지루하다.

잠깐의 지루함을 참지 못해 결국 마구마구 뭉개버린다.

생선을 굽는 일은 세상에서 가장 귀찮은 일이며

프라이팬을 알맞게 달구어 고기를 맛있게 구워본 적이 없다.

매번 실패한다.

그래도

나는 요리하고 싶은 여자,

요리를 아주아주 잘하고 싶은 여자.

요리야말로 사랑하는 이들에게 주고 싶은 가장 좋은 선물.

언젠가는 나의 요리 덕분에 당신이 행복했으면.

우리,
밥 먹자

"밥 먹자."

그가 그 말을 하기 전까지 배가 하나도 고프지 않았는데

그 말을 듣자마자 갑자기 배가 고프다.

난 당신과 밥을 먹고 이야기를 나누는 일이 참 좋다.

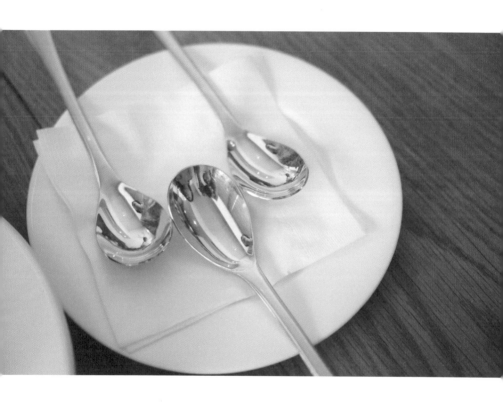

유기농 라이프

잠들기 전 꿈을 꾼다.
숲이 있는 곳.
새소리에 잠에서 깨고
창문을 열면 신선한 공기가 느껴지는 곳.
문 밖을 나가면 어디서든 하늘을 볼 수 있고
찻길 걱정 없이 걸을 수 있으며
꽃, 나비, 열매를 볼 수 있는 곳.
내가 꿈꾸는 삶의 터전.

그곳에서 내가 글을 쓰고 사진을 찍으면
아이는 땀을 흘리며 뛰어놀고 춤을 출 것이다.
그리운 그의 얼굴을 오래도록 볼 수 있으며
우린 저녁마다 함께 요리를 할 것이다.

도심 한복판에서
잠들기 전 이런 삶을 꿈꾼다.
손에 쥐고 있는 것들을 눈 한 번 지그시 감고 놓아버리면
그 숲으로, 그 터전으로 나를 데려갈 수 있을까.

나는 지금 이곳에서 무엇을 위해 살고 있을까.

나, 지금 뭐하는 거지?

주먹 꽉 쥔 손을 펴기가 참 어렵다.
타인의 이목이 아무렇지도 않은 사람,
나는 그런 사람이 아니다.
어깨가 아프고 머리가 아파도
도시의 삶은 원래 그런 거라며 애써 지탱하는 삶,
그렇게 아파도 매일 아침 집을 나서고
숨이 막혀도 나는 계속 간다.

겉으로 보기엔 착착 완벽한 생활이지만
아주 가끔 멍하니 내가 정말 원하는 삶인지 되묻는다.

순환이 되지 않는 마음,
이유 없이 갑갑한 날들,
결정을 내리지 못하고 장바구니에 물건을 담듯
갈팡질팡 손아귀에 욕심을 가득 담은 채.

어지러운 도시의 밤에서,
막히는 도로 위에서
몇 발자국 떨어진, 숲이 있는 곳으로 간다.
숨을 쉰다.
손을 펼친다.
그리고 마냥 걷는다.
자연으로 들어간 순간,
그 짧은 순간,
비로소 삶은 내 것이 된다.

나에게
좋은 곳

일하기 싫고 게으름이 생기고
모든 것이 지루해지면
나는 일부러 그곳을 찾는다.
누가 뭐라 해도 나에겐
세상에서 가장 맛있는,
마법의 케이크가 있는 곳.
케이크를 입에 넣는 순간,
모든 것이 사르르 녹아내린다.

지친 내 마음을 놓을 수 있는 그곳에 가면
괜스레 마음이 놓인다.
커피 한 잔, 케이크 한 조각을 시키고
머물다 보면 어느새 생각이 정리되고
내 자리를 지키자, 버티자, 성실하게 살자,
마음을 다잡는다.

떠들썩하지도 않고 분주하지도 않은
단아한 모습으로 늘 같은 자리에 있는 그곳.

소박한 겉모습 때문일까?

큰 기대를 하지 않아서 커피도 케이크도

내가 유독 좋아하는 건 아닐까 생각했지만

그보다 더 좋은 곳, 더 맛있는 케이크를 나는 아직 찾지 못했다.

어느 유명한, 어떤 화려한 곳보다 이곳은 내게 완벽하다.

완벽함이란 그런 것.

나에게 좋은 것,

나에게 힘을 주는 것.

자유

만일 당신이 소박한 삶을 살고 싶다면,
그건 자유롭기 위해서이다.

나는 나에게 묻는다.
무엇을 가지기 위해
자유를 포기하고
자꾸 욕심을 내며 살았던 걸까?

그렇게 살지 못한 나를 위해 위로를,
단순하고 가벼운 삶을 위한 격려를,
그렇게 자족하는 법을 깨닫는다.

담을 곳이 필요하다

엄마가 주신 소중한 그릇 하나가 있다.
그곳에는 무엇을 담아 먹어도 맛있다.
투박한 질감, 특별한 무늬가 없는데도
그 안에 음식이 담기면 근사해진다.
그릇 하나를 가졌을 뿐인데 마음이 든든하다.

우리 삶도 담을 곳이 필요하다.
감정의 문제와 생각의 복잡함을
그저 툭툭 담아둘 곳 말이다.
저마다 자신의 인생을 내려놓을 수 있는 곳이 있으면
복잡한 문제들을 단순하게 만들 수 있을 것이다.

좋은 이웃과 따뜻한 모임을 통해 마음을 나눌 수 있으면.
나이, 학벌, 직업과 상관없이 모두가 큰 테이블에 둘러앉아
즐겁게 웃으며 대화를 나눌 수 있다면 좋겠다.

건강한 울타리에서 만나 싱그러운 봄의 기운을 주고받는 일.
나는 언제나 그런 사랑스러운 공동체를 꿈꾼다.
서로의 값진 삶을 그릇에 담아 나누는 일.
그 안에서 인생은 따뜻하게 데워질 것이다.

엄마가 주신 그릇에 오늘도 음식을 담는다.
나누어 먹는다.

삶은 진정 끝없이 서로의 마음을 전하고
공감하며 사는 일임에 분명하다.

그날의 오후

언제였는지 기억나지 않지만 분명 여름이었다.
운전을 하며 번잡한 강남 한복판을 지날 때,
라디오에서 어느 뮤지션의 목소리가 흘러나왔다.

공연이 끝나고 집에 왔는데 제가 사는 옥탑방에 빗물이 넘치고 있었어요.
사는 것이 결코 쉽지 않다는 것을 알 수 있어서 그런 제가 좋아요
모두가 느끼는 고충과 어려움을 나도 느낄 수 있어서
그것이 나의 음악 하는 힘이에요.

그녀의 목소리가 들리던 시간의 풍경은 여전히 선명하다.
분주한 마음과 창밖의 여러 상점과
복잡한 거리 사이를 빠르게 지나던 나는,
쓸데없이 걸친 사치들이 너무 많은 듯하여 부끄러웠다.

비로소

비로소 어떠한 위기에 봉착하고 나서야 깨닫는다.

운명이라 믿자

그의 발에는 별 그림이 있다.
왼쪽 발등에 그려진 작은 별 하나.
오래전 여름 날 새긴 타투.

나는 그의 타투를 보고도 별 생각 없었다.
그를 만난 지 5년째 되던 해,
어떤 날, 아주 평범한 하루,
문득 스쳐가던 그날 밤,
'어머나, 뭐지?'
그 순간, 그의 발등,
작은 별 하나가 갑자기 커 보였다.

그는 나를 만나기 훨씬 전부터, 나를 알기 전부터,
이미 자신의 몸에 나의 이름을 새겨 넣었던 것이다.
내 이름은 깜깜한 밤하늘에 반짝이는 별이란 뜻.

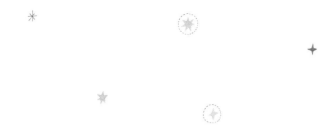

그에게 놀란 마음을 담아 문자를 보냈다.
"우린 정말 운명인가봐!"

비록 그의 답장은
"섬뜩하다"였지만 말이다.

보고 싶은 밤

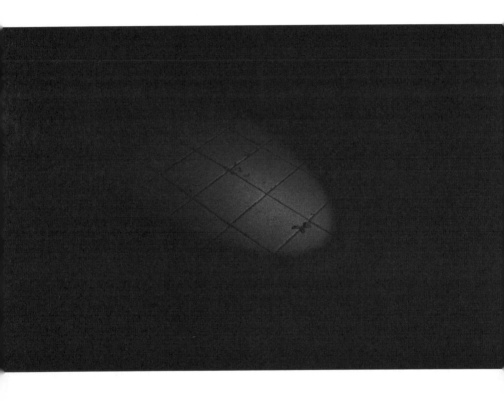

누군가 보고 싶은 밤만큼

이 세상에 행복한 밤이 또 있을까?

아빠의 서재

어린 시절, 아빠의 서재는 가장 멋진 곳이었다.

나는 책으로 가득한 아빠의 서재에서 시간을 보내길 좋아했다.

예쁜 표지의 책들을 책장에서 꺼내어 보고

책상 서랍에 뭐가 있을지 궁금한 마음에 열어보기도 했다.

나는 나만의 서재를 꾸몄다.

아빠처럼 책장에 책을 꽂아두고, 수없이 많은 메모지와

종이에 글과 그림을 그려 벽면 가득 붙여두었다.

늦은 밤에는 책상 위 작은 스탠드 불빛

하나를 의존하며 소설을 쓰곤 했다.

요즘도 부모님 집에 가면

나는 아빠의 서재를 제일 먼저 구경한다.

아빠의 나이는 일흔을 훌쩍 넘겼지만

서재에는 수많은 책과 메모의 흔적이 가득하다.

그리고 여전히 난,

아빠의 서재에서

지내는 일이 좋다.

용기

나는 언제나 달라지고 싶은 욕망이 있으나
나아지는 건 참으로 없다.
이제는 정말 무엇인가 지긋지긋한
끈 하나를 끊어내야 할 때.

그래서
용기가 필요하다, 늘.

일상 예술가

오래전에 아끼는 동생으로부터 책 한 권을 선물 받았다.

제목은 '보헤미안의 파리'.

부제는 '창조적 영혼을 위한 파리 감성 여행'.

글을 쓰기 위해 무작정 파리로 간 작가 에릭 메이슬은

그곳에서 어떻게 살고, 어떻게 글을 쓰며,

어떻게 예술적 감성을 불러올 것인가를 고민한다.

그러면서 사람들에게 말한다. 용기를 가지라고.

그의 글 중에 세월이 흘러도 잊히지 않는 문장이 있다.

오르세를 아침 9시 30분에 가느냐 아니면 오후 3시에 가느냐에 따라

하루가 아니라 세상이 다르게 보일 수 있다.

9시 30분에 가는 것은 헌신이 깃들어 있는 행동이다.

– 에릭 메이슬 (보헤미안의 파리)

짧은 구절인데 '헌신'이란 단어가 무척 인상적이다.

미술관의 흔한 관광객이 될 것인가?

창조적 영혼을 가진 예술가가 될 것인가?

작가는 후자가 되라 말한다.

관광객 무리에 섞이지 말고 남들과 다르게 예술을 즐길 수 있다면
오르세 미술관의 아침을 진정 느낄 수 있을 것이다.
그리고 그것은 분명 인생의 전환점이 될 것이다.

파리 오르세 미술관에 가야만 헌신을 다하는 예술가가 될 수 있는 건 아니다.
세련되지 않은 동네에 살아도, 볼품없는 집에 살아도,
돈으로 살 수 없고 가질 수 없는 시간을 우리는 선물 받았다.

우리가 일상의 예술가가 되어 산다면,
결코 무의미한 시간은 없을 것이다.
작은 조각 하나하나가 우리 삶을 이루고 있을 때,
시간을 흘려보내지 않고 살 수 있을 것이다.

매일 살아가는 일상 곳곳,
나의 공간에
기억하고 듣고 깨닫고
다시 생각할 수 있는 것들,
소중한 물건들을 놓아두면
그 모든 것이 일상이 되어
끊임없이 말을 걸어올 것이다.
그리고
내가 멋진 예술가로
살 수 있도록 도울 것이다.

환희

베토벤 환희의 송가처럼

우리 더 기뻐하자.

03

마음에
불을 끄다

허탈한 날

이상하게 추운 날,
옷장에 따뜻하게 여겨지는 옷 한 벌 없던 허탈한 날이었다.
똑같은 옷장인데 매일 아침이 너무 다르다.
마음은 캐시미어를 입고 싶은데 까슬한 니트로 만족하며
해결되지 않은 감정 하나 때문에 질질 끌려다닌 엉망 같았던 하루.

gray on my mind

버릇처럼 회색 옷을 산다.

어떤 옷을 봐도 제일 먼저 손이 가는 건 바로 회색이다.

이상하게도 나는 회색을 보면 안정감을 느낀다.

아무 일도 일어나지 않을 것 같은 적막한 색이지만,

오히려 마음의 안정제 역할을 한다.

세상이 우중충,

비가 내리거나 온통 찌푸린 날도

마음이 참, 편안하다.

해가 없는 낮에는

무엇이든 그대로 그 자리에 두어도 될 것 같다.

아무것도 안 해도 괜찮은 날,

그냥 그 자리에 있는 것들.

자리를 지키고, 가만히 시간을 함께하는 것들.

회색은 금세 싫증이 나지 않아서

오래오래 두고, 보고, 입을 수 있는 색이다.

스무 살에는 알록달록한 옷을 입었는데,
이젠 더 이상 강렬한 색을 찾지 않는다.
튀지 않는 삶, 특별하지 않아도 행복한 삶.
회색은 그런 삶을 살게 한다.
화려하지 않지만 촌스럽지 않은.

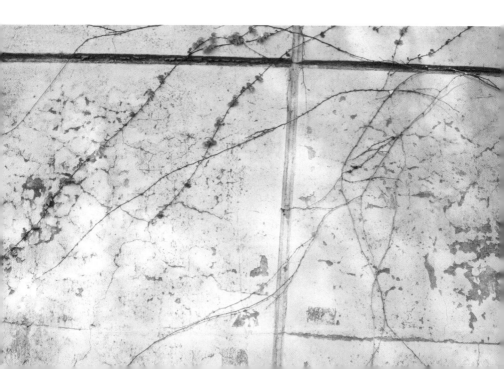

바람

그저 오늘도 우리 서로 따뜻함 하나 나누는 일.

봄날로

겨울 어느 날, 초저녁에 잠이 들었다 눈을 떠보니 훌쩍 밤이 되었다.
늦은 밤 11시, 겨울의 밤은 건조하다.

건조할 때면 나는 바닐라 아이스크림을 먹는다.
아이스크림 한 스푼은 따가운 목의 진통제가 된다.
차가운 감촉이 목 안을 감싸면 아픔은 잠시나마 사라진다.

하루를 되돌아본다.

오늘은 유독 전화벨이 많이 울렸다.

사람들은 나를 찾았지만 나는 끝내 대답할 힘을 잃었다.

창문 밖에는 빈 택시들이 지나간다.

고요한 밤에 모든 것은 천천히 스쳐 가는데 내 마음은 복잡하다.

마음을 꺼내어 어딘가에 두어야만 잠들 수 있을 것 같다.

그래서 겨울밤은 마냥 쓸쓸한 것이지도 모르겠다.

버거운 삶을 꽁꽁 언 겨울에 묶어두고 봄날로 가고 싶다.

어려운 시간이
지나고 나면

어려운 시간이 지나고 나면
우리에게 늘 멋진 결과물이 찾아온다.
그것만은 분명하다.

사진을 담는 일

사진을 담을 때 가장 먼저 할 일은
찍고자 하는 것의 풍경이든, 사람이든, 그 무엇이든지
가만히 바라보는 일이다.

멀리서 바라보고 그다음 가까이
그리고, 천천히 프레임 안에 내가 느낀 것들을 담는다.
단순한 풍경을 담는 것과
풍경에 이야기를 담는 사진은 다르다.

언젠가 제주도의 가을은 무척 좋았다.
짧은 여행이지만 선선한 날씨와 비, 바람, 땅, 하늘,
모든 것이 있는 그대로 마음껏 느껴졌다.

마지막 날 들른 억새풀밭의 기억은 더욱 강렬했다.

그저 넓은 언덕에 억새풀만 가득한 곳이었지만

그곳에서 부는 바람과 들려오는 억새풀 소리는

그 어떤 음악보다 아름다웠다.

억새풀은 바람결에 몸을 내맡기고 춤을 추었다.

억새풀과 바람이, 그 둘이 만들어내는 멋진 멜로디를

나는 한참을 서서 들었다.

그리고 아름다운 풍경 속에 사람들이 있었다.

인생의 풍경 속에도 사람들이 있다.

내 시간과 전부를 온전히 내어주어야만 하는 사람들.

마음이 변하고, 화가 나서 헤어지고 안 보면 그만이지 뭐,

우리 끝내자, 이렇게 선뜻 말할 수 없는 사람들.

좋은 사진을 찍으려면 기다리고 먼저 마음에 담는 일이 필요하다.

좋은 풍경이 눈앞에 있다고, 좋은 카메라를 가지고 있다고

누구나 좋은 사진을 찍을 수는 없다.

인생도 그렇다.

좋은 것들을 손에 쥐고 있다고 행복한 삶이 저절로 시작되지 않는다.

좋은 것들을 마음으로 품고 느끼고 꽉 껴안을 때

그 풍경 속에는 뜻밖의 근사한 사진이 담긴다.

행복한 삶이 시작된다.

어딘가

마음껏 생각하고
마음껏 움직이고
마음껏 표현하고 싶다.

누군가 나를 욕하면 어쩌지,
누군가 나를 무시하면 어쩌지,
누구에게도 인정받지 못할까봐
가끔은 불안하지만.

어딘가에 생각할 시간이 허락되고
어딘가에 담을 종이가 허락되고
어딘가에 나의 글을 기다려주는 이가 있고
어딘가에 나의 성장을 도와주는 이가 있으니.

추위를 견디는
시간

11월의 시간은 혹독하다.

선선한 가을바람이 불다가, 문득 차갑게 식은 바람이 불면 덜컥 겁이 난다.

겨울이구나, 이 겨울 추위를 어찌 보내야 할까?

어렸을 적에는 눈이 오는 날이 그토록 좋았는데

이제는 다닐 걱정이 앞선다.

눈이 오지 않았으면 좋겠다며 날씨를 보고 또 본다.

마냥 좋았으나 이제는 마냥 좋지 않은 것이 얼마나 많은지.

사랑도 그렇지,

순수한 사랑의 기억은 아무 조건 없이 첫눈에 반하고

서로가 원해서 함께했던 순간이다.

무모할 만큼 좋아했던 날들이 있었는데

왜 시간이 흐르니 어려워지는 걸까.

나이가 들면서 확신이 생기기보다 잘 모르겠다,

라고 적어두어야 하는 일들이 더 많아진다.

추위조차 겁이 나니, 계절마다 걱정과 두려움이 앞선다.

걱정과 두려움을 견디는 방법은
마음속에 뜨거운 무언가를 넣고 다니는 것.
얼큰한 국물, 따뜻한 차, 뜨거운 핫팩보다
뭐니 뭐니 해도 제일 좋은 건 '사람'.
내 심장을 뜨겁게 만들어줄 사람,
그 사랑.

결혼

나는 그와 얼떨결에 사랑을 시작해서 결혼까지 했다.
그저, 어쩌다 보니 서로가 서로의 옆에.
철저한 계획, 치밀한 손익 분기점은 따지지 못했다.
그저, 좋았던 타이밍에 만나서
마침 마음에 빈자리가 있어 서로 손을 잡았다.

그렇다고 우린 별로 살갑지도 다정하지도 않다.
프랑스 요리를 먹나, 곱창을 먹나 똑같다.
바람도 그저 별것 없다.
건강한 것, 성질 좀 죽이며 사는 것.

나는 종종 그에게 묻는다.
"다시 태어나면 나랑 만날래?"
그럼 그는 이렇게 대답한다.
"난, 다음 생에는 절대 다시 태어나지 않을래."

그래도

난 당신이 좋은데 말이야.

발

늦은 밤,

잠이 든 그의 옆에 눕는다.

차가운 내 발을 그의 발 사이로 집어넣는다.

아, 따시다.

혼자만의 저녁

하루의 마무리는 설거지로 끝난다.

음악을 들으며 설거지를 한다.

그럼 서서히 밤이 되고 하루가 저문다.

설거지를 할 때 음악은 가장 좋은 친구다.

클래식, 팝, 가요, 무엇이든 좋다.

설거지를 끝내고 모두 잠든 후,

깊은 밤 집 안에 고요함이 스며들면

나는 홀로 거실에 앉아 음악을 들으며 나 자신을 풀어놓는다.

그 순간에는 생각도, 할 일도 내려놓고 잠시 나를 그대로 둔다.

깜깜한 밤, 작은 불빛 아래서 차분하고 고요히 빛나는 저녁.

비로소 홀로 있어 안도할 수 있는 시간.

오롯이 나 자신이 될 수 있는 시간.

마음에 불빛 하나를 켜두고 귀 기울인다.

먹먹한 어둠의 시간이 하루 중 가장 밝다.

늙는 것은 나쁜 걸까

다섯 살 꼬마가 물었다.

"늙는 것은 나쁜 거야?"

놀란 나는 되물었다.

"그게 무슨 말이야? 왜 나쁜 거라고 생각해?"

그러자 꼬맹이의 말.

"힘이 없어지잖아. 그래서 나는 할아버지 할머니가 걱정이 돼."

꼬맹이의 얼굴은 진지했고 질문은 심오했다.

늙는 것은 무엇일까?

단순히 죽음과 가까워지는 일만은 아니다.

죽음은 나이와 상관없이, 인생의 속도와 상관없이

예기치 못한 순간에 찾아오니까.

나이 든다는 건, 계절의 끝, 겨울을 지나는 일이다.

앙상한 나뭇가지만 남은 삶,

추위, 눈보라, 어둠의 시간이 더 길어지고

마음과 몸이 얼어붙는 그런 시간.

외로운 계절과의 사투를 벌이는 일.

젊은 날 우리는,
늙음이 아주 먼 일이라 생각했다.
하지만 어른들은 말씀하신다.
세월이 참으로 눈 깜짝할 사이에 지나갔다고.
그리고 시간을 살 수 없어 아쉽다고.
아무리 돈이 많아도 젊음을 살 수는 없으니.

나는 꼬마에게 말해주었다.
"늙는 것은 나쁜 것이 아니야.
힘은 없어지지만 대신 지혜가 생기지.
그래서 더 용감해져."
"지혜가 뭔데?"
"지혜는 말이야. 어떤 어려움이 있을 때
잘 풀어가는 방법을 알고 있는 거야."
"아하, 알겠다!"

그러자 꼬마는 어린 시절 가지고 놀던 나무 인형을 가지고 온다.
긴 끈이 엉켜 있는 악어 인형.
그러고는 혼자 앉아 인형에 엉킨 끈을 풀며 말했다.
"이런 거지? 혼자서 풀 수 있는 거."

나이 든다는 건, 인생의 엉킨 문제와 해결하지 못한 관계를 풀고 풀어,
따스한 생의 봄을 다시 맞을 준비를 하는 건 아닐는지.
용서하지 못한 이들을 마음으로 보듬는 일은 아닐는지.
그래서 조금이라도 사는 것이 부드러워지는 그런 일은 아닐는지.
얼어붙은 계절이 지나면 새싹이 돋아나는 봄이 오듯이.

어른의 몫

서른의 인생은 여유를 주지 않는구나,
라고 어느 날 새벽 잠에서 깨어 생각했다.
폭풍이 휘몰아치듯 분주할지라도
잘 보듬고 추스르며 사는 것 또한 어른의 몫이 아닐까.
입을 열면 불만과 투정만 나오는 어른이 되고 싶지 않다.

향초의 위로

향초를 만드는 한 친구가 있다.
그녀는 집에서 매일 향초를 만든다.
유리병에 뜨거운 베이스를 담고 향을 붓고 식힌다.
그리고 가장 캄캄한 곳, 침대 밑에 향초를 두고 굳기를 기다린다.
그녀가 만든 향초들은 하나하나 선택을 받아
서로 다른 집에서 켜질 때 진짜 빛을 발할 것이다.

집 안 곳곳에 향초를 켠다.

향초를 켜는 일은 하루 일과 중 하나,

그녀의 향초는 꺼진 후에도 잔향이 깊고 오래 남는다.

나는 불을 지피는 순간만큼 불을 끄는 순간도 좋아한다.

불을 끌 때 가장 진한 향이 올라온다.

계절마다 그녀의 향초를 주문한다.

예쁜 유리병에는 내가 좋아하는 향이 가득 담겨 있다.

향초를 지피면 좋은 향과 따뜻한 온기가 집 안 가득 퍼진다.

향기는 눈에 보이지 않지만,

보이는 것보다 더 따스하다.

그것은 말이야

내가 화가 났던 건
실은 당신이 아닌 나 때문이었어.
당신 탓이 아니라 나 때문이었지.
모든 시간과 관계를 망친 건 나였어.
결국 모든 문제는 나인데 말이야.

지나고 나면
깨닫는 것

매일매일 창문을 열고 그날의 아침을 카메라에 담는다.
하늘이 뿌연 날엔 뭉게뭉게 피어오른 구름이 반갑다.
습관처럼 하늘을 기록해두면 우연히 찍힌 작은 잠자리,
소나기를 퍼붓기 전 하늘의 낯빛처럼 숨겨진 의미를 발견할 수 있다.
시간을 멈추듯 순간을 붙잡으면 일상의 이야기가 새롭게 만들어진다.

고등학생 시절 지하철에서 같은 시간 만나는 사람들,
물건을 사고파는 사람들, 스쳐 지나는 사람들,
이름 모를 그들을 유심히 관찰하며
나는 그들의 삶을 상상하고 이야기를 썼다.
습관처럼 사람을 기록했다.

지금도 여전히 특별한 목적 없이 기록을 한다.
사진을 찍고 그날의 생각을 그저 적어둔다.
시간이 지난 후 기록을 되돌아보면서
단어들을 모아 문장을 만들고, 글을 만든다.
조각조각 흩어진 기억과 생각을 완성해본다.

삶도 마찬가지다.

퍼즐 조각들이 언젠가 제자리를 찾아

하나의 그림이 되면 비로소 뚜렷해진다.

그제야 이해할 수 있는 인생이 있다.

그래서 그럴까.

모든 것은 지나고 나야 알게 된다.

아름다움, 행복, 찬란, 젊음, 열정, 사랑,

그 소중함을.

마음에
불을 끄다

나는 성냥불을 잘 붙이지 못한다.
어렸을 때부터 왠지 용기가 나지 않았다.
그러던 내가 이제 성냥불 켜는 연습을 시작하게 되었다.
선물로 받은, 예쁜 분홍색 긴 성냥이 가득 담긴 성냥갑 덕분에.

성냥에 불을 붙이면 특유의 냄새와 함께
순간 불꽃이 확 타오르다가 이내 다시 작아진다.
그리고 초에 불을 가져가면 심지와 만나 다시 불꽃이 타오른다.
불을 붙이는 소리, 불꽃이 이는 소리,
그것이 그렇게 좋은 소리인지 느끼지 못했는데,
요즘은 성냥으로 불을 붙일 때마다 느낀다.
자꾸 반복하니 성냥불을 켜는 일도 많이 자연스러워졌다.

무슨 일이든 못하겠다며 두려움을 가지면,
정말 할 수 없을지도 모른다.

알약을 삼키는 일도 그랬다.

알약을 삼키다 한 번 심하게 목에 걸린 이후로

알약을 먹는 것은 참, 불편하고 두려운 일이 되었다.

이러한 두려움은 아주 작고 사소하지만

만약 너무 큰 두려움이었다면 어떻게 살았을지,

어떻게 극복하고 살았을지 막막하다.

아주 오래전에 10년 동안 함께 살았던 작은 가족, 강아지 한 마리가 죽었다.

강아지는 어느 날부터 시름시름 앓기 시작했고,

우리가 강아지를 병원에 데려갔을 때 그 작은 심장이 아직 뛰고 있었지만

의사 선생님은 더 이상 손을 쓸 수가 없다, 강아지가 죽어가고 있다고 말씀하셨다.

"아직 심장이 뛰고 있어요. 근데 죽은 건가요?"

그때 나는 그렇게 물었고 선생님은, 강아지를 꼭 품에 안아주라고 하셨다.
강아지를 품에 안고 집으로 돌아오는 길에, 정말 거짓말처럼
아주 서서히 심장이 멈추고 온몸이 딱딱해진 작은 가족을 보내야 했다.

오랜 시간이 지났지만, 그때 강아지를 품에 안았던 느낌이 고스란히 남아 있다.
강아지를 안았던 그 자리가 시간이 지나도 여전히 똑같이 아프다.
두려움과 슬픔의 크기는 저마다 다르지만 그 깊이는 모두 힘겹고 아프다.

슬픈 사건과 기억은 쉽게 사라지지 않는다.
다만 활활 타오르지 않게 애쓰는 것일 뿐.
나이를 먹으면 먹을수록 마음속에 더 많은 슬픔과 이별의
불꽃들이 피어나겠지만, 세월 앞에 두터워진 경험으로
그저 순간순간 마음에 불을 끄며 살아가는 것일 터.
그래서 아주 가끔은 극복하게 되는 날도 올 것이다.
내가 성냥불을 켜고 알약을 먹고 죽음과 이별의 시간을
잊은 채 이렇게 평범하게 사는 것처럼.

외롭지 않은
가게

우리 동네에는 아주 오래된 순댓국집이 하나 있다.

동네 전체가 재개발되기 전부터 있었던 순댓국집.

오묘하게도 순댓국집이 있는 몇 줄의 거리만 아파트가 들어서지 않았다.

근처 사방이 모두 아파트로 변했는데 그곳만은 아주 오래된

다세대 집들이 있는 옛 동네 모습 그대로다.

작은 가게에는 부엌과 몇 개의 테이블, 수많은 물건이 있다.

그곳에 들어서면 어디가 부엌인지 경계가 모호하다.

10년은 더 된 것 같은 오래된 꽃다발 바구니는 물론,

때 묻은 쌀 포대, 기름통, 냉장고, 그리고 소주 몇 박스가

모호한 경계 사이사이에 제 나름씩 자리를 차지하고 있다.

가게에는 주인아주머니밖에 없어서 늘 손이 모자란다.

그래서 손님이 테이블 정리를 하고 김칫국물 자국도 알아서 닦는다.

식당 벽에는 아주머니의 손주들로 보이는 아이들의 사진과

성경 구절이 적힌 액자들이 걸려 있다.

식당 앞에 있는 긴 벤치에는

동네 할아버지들이 모여 앉아 언제나 담배를 피우고 있다.

가게는 지저분해서 뭔가 꺼림칙하고

사람들 소리, 텔레비전 소리로 시끄러워 정신없는데

아주 가끔 배가 고프면 나는 버릇처럼 그곳의 순댓국이 떠오른다.

아주머니가 만든 김치는 무척 맛있고 순댓국은 얼큰하다.

한 그릇 먹고 나면 속이 뜨뜻해진다.

언제 가도 처음처럼 찜찜하고 당황스럽긴 마찬가지다.

가게에 들어서면 괜히 왔나, 하는 생각이 들지만

오래된 동네의 순댓국집에는 아직 사람이 있고 정겨움이 있다.

사람이 있고 정겨움이 있어서,

이 가게도 오래도록 문을 열고 있는 게 아닐까.

대단한 요리 비법 덕분이 아니라, 아마도 그 터전이

아주머니의 인생이고 그곳에서 함께 살아간 이웃들의 인생일 테니.

새것으로 가득한 번쩍이는 동네에

다 허물어져가는 식당 하나.

옆집 사람 얼굴도 모르는 아파트의 한 거실에서

밤늦은 시간까지 불이 켜진 건너편 순댓국집을 본다.

왠지 그 집 덕분에 이 동네에 사는 일이 덜 외롭다.

04

더 좋은
순간들이

꽃

너무 잘 정돈된 꽃다발은 자칫 촌스러울 수 있다.

꽃은 대충 질서 없이 커다란 꽃병에 꽂아두어야 예쁘다.

신경 쓴 듯, 쓰지 않은 듯.

작고 귀한 것

서른부터 마흔까지의 시간은 여자에게 어떤 의미일까?
결혼을 하거나 하지 않고, 일을 하거나 하지 않고
그런 차이가 분명 많은 것을 결정하겠지만,
여자의 내면을 더 깊이 들여다보면
시간에 대한 동일한 갈망만이 있으리라.

갈망이란 간절히 바라는 일.
어릴 적 우리는 무엇이 되고 무엇을 이루길 바랐을까?
꽤 큰 꿈과 기적 같은 일을 바랐다면,
이젠 지극히 작고 사소한 일을 희망한다.
내일 출근길에 비가 오지 않길,
새 구두가 부디 편하길,
갖고 싶은 립스틱이 품절되지 않길,
덜 먹고 덜 살이 찌면 좋겠다는 희망을 품는다.

어느 순간 인생의 바람은 구체적이고 일상적으로 변한다.
그래서 반복되는 생활과 소중한 순간에 새롭게 눈뜨지 못하면,
서른 이후의 삶은 매일 늘어나는 주름과 소개팅의 지루함,
설렘을 잃어가는 결혼의 일상, 노처녀와 아줌마의 허망을 견딜 수 없을지도 모른다.

작고 귀한 것들을 발견하지 못하면,
잡을 수 없는 허상과 채워지지 않을 갈급함으로
길을 잃고 말 테니.

마흔까지, 그리고 그 이후에도
나의 갈망은 좀 더 여유로운 마음을 갖는 것이다.
길을 걷는 순간, 친구를 만나는 순간,
책을 읽는 순간, 쉼을 가지는 순간,
가족과 함께 보내는 시간, 사소한 모든 순간에.

마음이 각박해지려 할 때
좀 더 부드럽고, 좀 더 사랑스러운 여자가 되고 싶다.
순하게 나이 들고 싶다.

더 좋은

끝은 또 다른 시작으로
그 시작이 비록 버겁더라도
내 곁에 있어주어 벅차게 고맙다.

더 좋은 순간들이
더 좋은 의미들이
더 좋은 사람들이
더 좋은 기억들이
더 좋은 마음들이.

너는 왜
나를 떠났을까

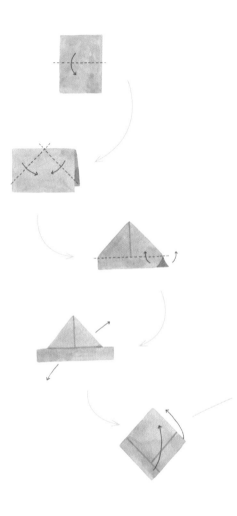

오랜 시간 나는 고민했지.
네가 날 떠난 이유에 대해 말이야.
내가 그때, 그 말을 하지 말 것을,
내가 그때, 그런 행동을 해서 그랬나,
내가 그때, 좀 더 신중했더라면 달라졌을까,
난 그렇게 나를 자책하기 시작했어.

그러고는 그리움들을 모으기 시작했지.
잠을 잘 때, 길을 걸을 때, 밥을 먹을 때도
모든 순간순간 너를 기억하려 애썼어.
우리는 같이 있다, 너는 내 마음에 있다,
너에게 다른 사정이 있을 거야,
너도 날 떠올리고 있을 테니
우리는 언젠가 다시 만날 거야.

그리고 우편함을 매일 바라보았지.
네가 내게 편지를 보내 소식을 전할 거라 믿으며.
그러나 텅 빈 우편함을 바라볼 때면 마음이 불안해졌어.
혹시 네가 주소를 잘못 적은 건 아닌지,
다른 우편함까지 살펴보기 시작했어.

우리가 좋아했던 곳들을 나 혼자 다시 찾아가
행복했던 한때를 떠올렸지.

187

추억이 닳고 닳도록 말이야.
꺼내어 보고 다시 보고 또 보았지.

나는 너에게 구질구질하게 매달려
울지 않은 것만도 멋졌다며
우리의 이별을 포장하고 또 포장했어.
아름답게 말이야.

그러다 문득,
한번 매달려볼 것을, 찾아가볼 것을,
정말 구차한 생각을 하며 추억에 현실을 덧칠했지.

그때 넌 날 왜 떠났을까?
우리가 과연 사랑이란 것을 하긴 했을까?
세월이 흐르면, 가물가물해진 기억이 되어버릴 텐데,
몸과 마음에서 지워져가는 흐릿한 널 잊어버리겠지.
그리고 그다음에는 날 잊어버릴 거야.
그때의 나를, 사랑했던 그때의 나를.

기억할게

나는 말이지 너를 기억할게.
곳곳에 너와 걸었던 길을
잊지 않는 것으로 대신 너를 기억할게.

나는 말이지 너를 기억할게.
언제나 너와 함께했던 계절을
잊지 않는 것으로 대신 너를 기억할게.

내 마음에 아직 살고 있는 너를 지우지 않는 것으로 대신 너를 기억할게.
보고 싶지만 볼 수 없는 너를 잊지 않는 것으로 대신 너를 기억할게.
언제까지나 너의 이름을 잊지 않는 것으로 대신 너를 기억할게.

나는 말이지 너를 기억할게.

시간이 담긴
상자

독일에서 소포 하나가 도착했다.
반가운 이름과 반가운 글씨가 적힌 먼 곳에서 온 상자.
소포는 무엇이 들었는지 궁금한 가장 반가운 선물이다.

소포에는 독일의 맛있는 젤리, 초콜릿, 과자,
그리고 기차 모형이 들어 있었다.
달콤하고 기분 좋은 물건들로 가득한 상자 안에는
독일의 그리운 향취도 함께 담겨 있었다.

먼 곳으로 떠나 살아보는 일은 마음의 고향 한 곳을 더 얻는 일.
소포를 받고 그곳에서의 기억이 고스란히 되살아났다.
젤리를 사러 가게에 가던 길, 작은 가게 안의 모습.
기차역과 차창 밖으로 보였던 아름다운 풍경,
당장 갈 수는 없지만 추억이 머물러 있는 그곳을 떠올리며 잠시 행복했다.
그날, 소포에 담겨 온 것은 내 인생 가장 소중한 시간이었다.

소포를 보내준 친구는 이렇게 물었다.

"그리운 것 없어? 그리운 것을 보내줄게."
친구가 보내준 선물은 내가 좋아하던 것, 그리워하던 것들이다.

시간을 담아 보낸 소포.
언젠가 지금의 날들이
소포에 담긴다면 어떨까?

작은 크리스마스

특별한 절기를 시끌벅적하게 보내지 않아도 괜찮은 나이가 되었다.

그것만으로도 충분히 행복하다.

여행의 의미

한국에서 대학 시절 나는 많은 나라를 다녔다.

자의 반 타의 반, 학교에서 다니는 연주 여행.

짐은 무거웠고 일행들과 잘 맞지 않는 때가 많았으며

연주 여행이었기에 쉼 없이 연습과 레슨을 반복했다.

한 달, 두 달, 꽤 오래도록 독일, 프랑스, 오스트리아, 스위스를 여행했다.

그리고 대학교를 졸업한 뒤, 나는 독일로 유학을 떠나게 되었다.

10시간의 비행.

프랑크푸르트에서 기차를 타고 2시간이 걸리는

작은 남쪽 마을 프라이부르크에서 살았다.

나는 지독하도록 심심하게 살았다.

학교를 다니며 내가 주로 했던 일은 연습과 연주회,

카페에서 책 읽기와 걸어 다니기였다.

기차를 타고 여행하지 않았고, 다른 곳을 궁금해하지 않았으며

새로운 친구를 많이 사귀지도 않았다.

나의 스물다섯 살은 그랬다.

크리스마스와 새해의 밤은 가장 조촐한 날들이었다.
공부를 마친 뒤 모든 것을 정리하고
한국으로 돌아오던 날, 미련 없이 비행기에 올랐다.

나는 그 이후로 다시는 먼 곳으로 떠나는 여행을 하지 않았다.
여행을 잊고 살았다. 짐을 풀고 싸는 일, 낯선 곳에서 방향을 찾는 일,
지도를 보는 일, 이별하는 일, 그 모든 것들을 외면하고 살았다.

독일에서 한국으로 돌아온 지 8년이 지났다.
요즘은 문득 다시 비행기를 타고 멀리 떠나고 싶다.
내가 살았던 곳에서, 돌바닥으로 된 아름다운 길 위를 걷고,
새벽 연습을 다니던 교회의 오르간을 연주해보고 싶다.
지독히 외롭고 고독했던 그때의 시간이 새삼 그립다.

만일 누군가 나에게 여행의 의미를 묻는다면,
떠나기를 망설이며 조언을 구한다면,
무조건 비행기를 타라고 말할 것이다.
당장은 알지 못해도
여행에는 오래오래 새삼 깨닫게 되는 행복이 있다.
비록 잃을 것이 있을지라도.

인내

무언가를 새롭게 만드는 일에는 언제나 인내가 필요하다.

옷장 정리를
포기하지 맙시다

옷장 정리를 할 때마다 옷을 무척 많이 버린다.
그런데 왜 비슷한 옷들을 또 사고 버리는 그 일을 수없이 반복하고 있는 걸까?
지난해 버렸던 티셔츠와 비슷한 티셔츠가 올해도 나의 옷장 안에 들어 있다.

옷장 정리 후에는 냉장고 정리.
특히 냉동실은 엄청나다.
오래된 생선부터 남은 고기들, 애써 밤새 우려냈던 곰탕까지
냉동실 정리는 더 골치 아프다.

그다음은 책장 정리.
읽지 않는 많은 책들을 버리고 마구 쌓아놓은 서류들을 버린다.

그럼 비로소 공간이 생긴다.
옷장도 냉장고도 책장에도 빈 공간이 생긴다.

물론 또다시 새로운 무언가로 가득 채워지겠지만,
나는 잠시라도 그 빈 공간이 좋다.

그때그때 버리고 정리하는 삶을 살면 좋으련만,
다 껴안고 살려니 늘 삶이 벅차다.
버려야 할 것은 물건만이 아닐지도 모른다.
정말 버려야 할 것은 사실 내 마음속에 있을지도 모른다.

단어 수집

나는 단어 수집하는 일을 좋아해서
국어사전이든, 영어 사전이든, 독일어 사전이든
손에 쥐고 멍하게 앉아 읽곤 한다.
어느 날 영어 사전을 읽어 내려가다가 relish라는 단어를 발견했다.
relish의 뜻은 '대단히 즐기다', '큰 즐거움'이다.
즐거움을 뜻하는 단어 중에, 이토록 예쁜 말이 있다니 반가웠다.

그 후로 일부러 relish라는 말을 쓰기 시작했다.
그 단어를 쓰고 싶어서라도 긍정적인 문장들을 많이 말했고 마음에 새겨두곤 했다.
"I relish a long journey for it may be lonely times.
But it will make a difference in how it is relished in my life."
"나는 긴 여행을 즐기고 있지요. 알고 있어요, 얼마나 외로운 날들인지.
하지만 내가 나의 인생을 즐기기 시작하면 새로운 순간들이 시작되지요."

그리고 난 행복에 관한 단어들을 수집하기 시작했다.
그것은 외로움을 견디게 해주었다.
마치 맛있는 초콜릿처럼.

잃어버린
시간을 찾아서

꽤 오래전에 연락이 끊겼던 친구로부터 이메일을 받았다.
"날 기억하니?"라는 첫 문장에 마음이 왠지 뭉클했다.

왜 연락이 뜸해졌는지, 어쩌다가 우리가 이렇게까지 멀리 왔는지,
이유를 설명하기 어려웠지만
친구는 그동안 연락하지 못해 미안한 마음을 안고 있었다.

친구의 메일을 받고 나는 잃어버린 시간을 찾은 것 같았다.
친구는 언제나 있는 그대로의 나를 인정하고 사랑해준 사람이었다.
내 고민을 들어주고 받아주고 함께 울어주었다.
잊고 있던 이름이라 생각했는데 메일을 받자마자
모든 기억이 떠오르며 아주 짧은 순간, 흘려보낸 세월을 보상받은 기분이었다.
만나지 못했지만 마음은 그녀를 잊지 않았나 보다.

쓸데없는 소식으로 가득한 이메일 속에서
그녀의 이름을 발견한 것이 얼마나 다행인지 모른다.
꽃이 피는 봄이 오면, 나는 그녀를 찾아갈 것이다.
그리고 어제 본 것처럼 이야기를 시작할 것이다.

이별의 순간

누구든 이별을 피할 수 없다.
미숙함으로 엉망이 된 연애,
내 맘대로 준 상처, 미안한 사람.
내가 망쳐놓은 연애의 기억은 제멋대로 쓰인다.
그리고 종종 이기적인 그리움으로
그 시절을 애틋하게 떠올린다.
마음속에서 보고 싶다 말한다.
과연 그도 내가 보고 싶을까.
그에게 나는 기억에서 지우고 싶은 사람이 아닐까.
기억은 서로에게 일방적이다.

늘 문득 이별은 다가온다.
가벼워진 마음은 순식간에 사랑을 증발시키고
단단해진 심장은 두 번 다시 보지 말자며 그를 밀어낸다.
애써 나눠온 시간을 부정하고 한순간 나는 헤어진다.

사진 하시은

이별이 끝나면
더 근사하고 멋진 연애를 꿈꾸지만
그 순간은 또다시 쉽사리 오지 않는다.

어느새 마음은 사랑을 잃는다.
수많은 만남과 이별의 반복, 그리고 무뎌짐.
사랑도 이별도 만남도 선택도
특별한 연애도 특별한 사람도 없는,
그만큼 슬픈 일이 또 있을까.
그토록 가슴 뛰고 미칠 것 같던 감정은
다 어디로 사라지는 걸까.
사랑이 무엇일까.
마음이란 왜 이토록 변덕스러운지,
대체 사랑이 무엇이기에.

아무것도 분명하진 않은 인생에서
만일 이별의 순간이 돌연 찾아온다면,
그것이 단순한 변심과 온도의 변화 때문만이라면,
다시 생각해보길.
우리의 낡은 사랑을, 그 소중한 시간을.

아이와 나

요즘 내 옆에는 항상 아이가 있다.

나의 손을 잡고 길을 걷고 나의 얼굴을 보듬으며 예쁘다, 해주는 소년.

아이의 얼굴은 전생에 내가 가장 사랑했던 이의 얼굴이라 했다.

정말 그러하지 싶다. 눈, 코, 입 무엇 하나 예쁘지 않은 구석이 없다.

아침에 눈을 떠, 밤까지 아이와 보내는 시간은 쏜살같다.

아이를 위해 밥을 짓고 수없이 몸을 움직이며 돌아다닌다.

늦은 저녁, 아이가 잠들면 하루의 고단함도 끝난다.

누군가의 성장을 돕고 지켜보는 일은 신비롭고 감동적이다.

아이가 그림을 그릴 때 한 가지 색에서 다양한 색을 쓰고,

글자를 읽고 글씨를 쓰고 자신의 생각을 표현하는 단어들이 많아지며,

그만큼 마음이 자라고 키가 자란다.

내 인생에서 아이는 많은 시간을 차지하고 있고,

나는 아이가 필요로 하는 엄마의 몫을 책임진다.

완벽한 엄마가 되진 못하지만 그래도 많이 안아주고

이야기를 들어주는 엄마로 살 수 있으면 좋겠다.

부디 시간을 놓치지 말자고 나에게 늘, 버릇처럼 당부한다.

운명

학창 시절, 내게 가장 큰 영향을 주었던 작가는 양귀자 선생님이었다.

나는 양귀자 선생님의 소설을 참 좋아했고 그분을 찾아가 만나기도 했다.

음악 대학에 진학했을 때, 나는 선생님께 편지 한 통을 보냈다.

"전공을 그만두고 글을 쓸 수 있는 다른 과로 옮기고 싶습니다."

그때 나는 글쓰기가 나의 운명이라 생각했다.

그리고 선생님의 답장을 받았다.

"글은 전공을 하지 않아도, 배우지 않아도 쓸 수 있는 것이지요.

하지만 에스더의 악기는 아무나 할 수 있는 것이 아니에요.

악기를 하면서 훗날, 글을 쓸 수 있는 사람, 나는 그것이 더 멋지다 생각하는데?!"

선생님의 편지 덕분에 나는 그 위기를 넘길 수 있었다.

오르간을 그만두지 않고 학교를 졸업했으며, 음악과 함께하는 내 일을 더욱 사랑할 수 있었다.

선생님의 말씀처럼 글을 쓸 수 있는 기회는 운명처럼 자연스럽게 나를 계속 찾아왔다.

내 생각과 감정을 백지 위에 단어로 담는 순간,

나는 나 자신의 아주 깊은 내면을 어루만지는 기분을 느낀다.

눈앞에 보이지 않지만 하루에도 몇 번씩 기쁘다가 슬프기도 했던 마음의 실체를 글을 쓰는 순간 또렷이 만날 수 있다.

마음과 대면하고 그 단면을 바라보며 글쓰기를 시작한다.

사람들도 저마다 자신만의 방법으로 자신을 치유한다.

아마도 내게는 종이와 펜이 그러한가 싶다.

사진이 시간을 붙잡아두는 일이라면,

글쓰기는 마음을 붙잡아두는 일이다.

마음을 가만히 들여다보고, 이해하고 사랑하는 일이지 싶다.

모두에게
위로가 필요한 해였다고

꽃을 말리는 일은 기억을 적는 일이다.
그래서 나는 매해 빈티지 수국을 산다.
그리고 정성을 다해 말린다.
빛이 너무 강하지 않게
물기가 남지 않도록.

말린 빈티지 수국에 그해 연도를 적는다.
그해 계절의 기록.

꽃과 함께 기억을 말려
나의 삶 어딘가에 꽂아둔다.
기억과 함께 산다.
그땐 어쩌지 못했던 마음, 감당할 수 없어 부유하던 감정,
슬픔, 외로움, 그리움, 행복까지 외면하지 않고
모두 나의 공간에 두고 같이 살아간다.

정성을 다해 말린 연둣빛의 빈티지 수국에 기억을 적는다.
"모두의 마음에 위로가 필요한 해였다."

에필로그

거창하게 위로에 대한 이야기를 쓰겠다고 시작한
페이지들은 한없이 사소하고 작은 이야기들로 변했다.

그리고 깨달았다.
결국 삶이란 이토록 작은 것들을
아끼고 보듬고 품으며 사는 것이구나.

글을 쓰며 내내
모두가 잠든 밤, 비밀스러운 일기장을 열어
사랑을 기록하는 행복한 기분이었다.
또다시 일기장을 덮으면 현실로, 일상으로
돌아가야 하지만 이곳에 기록해둔 글들을 보며
'그래, 나는 괜찮아'라고 나 자신을 위로한다.

이 책이 시작이 되면 좋겠다.
좀 더 구체적인 방법으로 삶에 따뜻함을 전하는
이야기들을 앞으로도 계속 쓰고 싶다.
그리고 그것을 갈망하며 노력하는 이들을 만나고 싶다.

내일도 난

꿈을 이루는 일과

꿈과 전혀 상관없는 일상의 일들

사이에서 헤매고 있을 것이다.

나의 인생에 사라지지 않을

허무함,

우울함,

지루하고 막막한 날들을 살 것이다.

다만,

잊지 않으며 말이다.

삶의 위로가 되는 그 많은 것들을.

나도 안아주면 좋겠다

1판 1쇄 발행 2015년 5월 29일
1판 5쇄 발행 2018년 2월 14일

지은이 임에스더
펴낸이 고병욱

기획편집2실장 장선희 **기획편집** 이혜선
마케팅 이일권 송만석 황호범 김재욱 김은지 양지은 **디자인** 공희 진미나 백은주
외서기획 엄정빈 **제작** 김기창 **관리** 주동은 조재언 신현민 **총무** 문준기 노재경 송민진

표지디자인 새벽 달 **본문디자인** 윤장호 **일러스트** 서인선

펴낸곳 추수밭
등록 제2005-000325호

본사 06048 서울시 강남구 도산대로 38길 11 청림출판㈜ (논현동 63)
제2사옥 10881 경기도 파주시 회동길 173 청림아트스페이스 (문발동 518-6)
전화 02-546-4341 **팩스** 02-546-8053

www.chungrim.com
cr2@chungrim.com

© 임에스더, 2015

ISBN 979-11-5540-035-7 (03810)